KB039345

시를 위한 농담

유용선 시집

시를 위한 농담

유용선 시집

열린서원

시를 위한 농담

초판 발행일 2023년 9월 6일

지은이   유용선
펴낸이   이명권
펴낸곳   열린서원
주 소   서울 종로구 창덕궁길 117, 102호
등록번호 제300-2015-130호(1999년)
전화번호 010-2128-1215
전자우편 imkkorea@hanmail.net

책값 8,000원

종이책 ISBN 979-11-89186-33-3
전자책 ISBN 979-11-89186-34-0
전자책 제작 한국예술(Tel. 338-4338)

序

일천 번 후회하면
한 번쯤 드는 생각
잘했다
참 잘했다
시를 쓰는 일
시를 쓰며 살아온 일

차 례

가당치 않은 생각

이미 깨져버린 것들이
금 간 거울에 비치고 있는 이 마당에
무엇 때문에 시마저
풀기 힘든 암호여야 하는 걸까

낚싯바늘을 닮은 물음표에
가슴 깊숙한 곳을 찔리는 사람들
자신이 던진 낚싯바늘에
제 살을 꿰인 낚시꾼 같다

미끼도 걸지 않은 낚시에
걸려드는 물고기들
깊게 파인 가슴
펄떡거리는 아가미
미끼를 물지 않고도 바늘에 채는 붉은
물음표에 낚이지 않으려면
바늘 끝이 닿을 수 없는 깊은 곳에서도
숨 쉴 수 있어야 한다.

이런 가당치 않은 생각이 어쩌면
가슴의 상처를 피할 수 있는
단 하나뿐인 비책일지도 모른다.

강한 사람

바보야, 가난한 시인 말고
간 안 한
간을 맞추다 할 때의 간

그러니까 너는 이렇게 말한 거였다
나는 시집은 좋아하지만 시인은 별로 좋아하지 않아
그들 가운데에는 간 안 한 사람이 너무 많거든

간 안 한 사람, 간 안 한, 간 안……
소금기를 잃은 사람
바깥에 버려져 행인의 발에 밟힐 사람

잿빛 동굴 속의 메아리는

이제 그만 간 한 사람이 되라
부디 강한 사람이 되어라

같은 사람, 同人

　내 어린 시절 가장 보람 없이 흘러간 시간은 천 번을 고쳐 생각해도 시를 쓰던 시간. 꾸준했고 진지했으며 부지런하기조차 했다. 동인同人에 들라 하면 번번이 거절했다. 소득 없는 일은 혼자만으로 충분했으므로. 내가 시를 쓰는 줄 알고 나선 여자 친구의 어머니는 내 눈길에서 당신 딸을 치웠다. (치워진 그 딸은 지금도 시를 읽을까) 지난날의 나와 오늘의 나와 훗날의 나, 이들 셋은 과연 같은 사람일까. 어쩌자고 고작 셋뿐인 나의 동인同人은 시심도 시의 힘도 믿지 못하나 흘러가버린 20세기마저 훑지 못하나. 시심은 시의 전유물이 아니고, 전망은 치열해봤자 전망일 뿐인걸.

견적서

품목 : 결혼 축시

수량 : 1

단가 : 10만원

비고 : 2인 낭송에 적합할 것

품목 : 묘비명

수량 : 2

단가 : 18만원

비고 : 양친 합장

품목 : 프러포즈

수량 : 1

단가 : 5만원

비고 : 박력 있는 분위기

품목 : 자기소개

수량 : 5

단가 : 6만원
비고 : 성실성 강조

그 동네는 요즘 어때?

으응, 목구멍에 풀칠이나 겨우지, 뭐.

그나저나 큰일이야.

왜?

詩 제작 프로그램이 나온다잖아.

으응, 그거?

알고 있었어?

응. 그래도 사람이 쓰느니만 하겠어?

손님들이 그 차이를 알까?

협회에서 뭔가 대책이 나오겠지. 그나저나….

그나저나 뭐?

무허가 詩 제조업자들이 더 걱정이야.

벌금 맞으면서도 한다믄서?

그건 그나마 낫지. 문제는….

문제는 뭐?

돈을 안 받고 그냥 써준다는 거야.

미쳤군!

영리가 아니니 벌금도 안 맞지.

그렇겠네. 하지만 공짜가 오죽하겠어?

그런데 그게 아니래.

그게 아니라니?

공짜가 품질이 더 좋으니 문제지.

그으래? 좋은 시절 다 갔군.

요즘엔 자꾸 옛날이 그리워져.

쉬잇, 협회 사람이 들으면 어쩌려고?

들으라 그래. 그까짓 거.

어허, 이 사람! 내 나중에 전화함세.

통화를 마친 신氏

창문을 열고 갈바람을 들이자

읽다 만 나머지 견적서 한 장
얇은 몸을 가볍게 뒤척인다.

품목 : 관계의 회복
수량 : 1
단가 : 100만원
비고 : 선금 20만원. 재회 성공 시 잔금 지급.

한때는 나도 진짜였는데,
나도 공짜였는데,
안경알을 닦으며 웅얼거리는
미아동 신氏는 중견 시업자다.

교정보는 남자

틀린 활자를 고치는 사이
사내의 눈썹마다 가래톳이 선다.
지난 날 그에게도 가슴 깊이
허튼 소리를 미워한 적이 있었다.
점 하나의 점으로 태어난 날
그 하루 해맑은 울음부터
그 하루의 마흔 해 뒤까지
사내에겐 여태 미워할 말이 있다.

교정보는 남자
요즘 그의 눈이 살벌하다.

그렇게 물으시니

선생님은 도대체 언제 시를 써요? 선생님이 시를 쓰
시는 모습을 한 번도 뵌 적이 없어요. 보여주시는
것들은 모두 옛날에 쓰신 건가요?
혼자 있을 때, 주변에 아무도 없을 때 쓰지요.
주변에 누가 있으면 시가 써지지 않나 봐요?
그런 건 아니지만 주변에 누가 있는데 시를 쓰면 안
되지요.
예? 그건 왜 그런 건가요?
주변에 누가 있을 때는,

......

그 사람을 생각해야 하니까요.
사랑해야 하니까.

그리운 당신

미안해요, 당신
만나면 우리
무슨 말이든 나눠야 하고
말하는 만큼
둘 다 가벼워지고, 날개도 없이
내가 가벼워지면
그만큼 당신… 무거워질 테고
민낯으로
태양 가까이 서는
낮달
와들와들 창백하기도

그리운 당신
너무 그리워서 만나기 싫은
지긋지긋
시끄러운 우리 사랑

누구 좋으라고 나 지금

도대체 누구 좋으라고 나 지금
남들 다 잠든 시간에 깨어 일어나
조갯살처럼 여린 마음을 태워가며
가시가 잔뜩 돋은 언어의 실로
밤새워 뜨개질을 하는 걸까?

시 팔아서 돈 벌기 힘들기는
호머 시절이나 지금이나 일반이고
입바른 소리 뱉어 놓다가는
뭇매 맞아 골병들기 십상이고
따라서 버겁기가 고질병 같은데도

도대체 무슨 광증으로 나 지금
한밤 곤히 자다가는 번쩍 깨어나
밤이슬 같은 눈물 촉촉이 적셔가며
섬뜩섬뜩한 날을 세운 언어의 칼로
밤새껏 난도질을 당하는 걸까?

근조 謹弔

내 메마른 귀를 향해
무언가 윤기 나게 젖은 것을 들려주고 싶다며
생전에 철학자는 늘 안절부절못했다
하지만 그가 죽는 그 순간까지도
나는 그를 향해 귀 열지 않았다
너는 아둔하여 귀를 막았노라고
……그는 늘 오만해 보였다

내 거친 가슴을 위해
무언가 보드랍고 귀한 것을 안겨주고 싶다며
생전에 시인은 늘 수선을 떨곤 했다
하지만 그가 죽는 그 순간까지도
나는 그를 위해 가슴 열지 않았다
너는 삭막하여 눈멀었노라고
……그는 늘 우울해 보였다

두 개의 영정 앞에서
삼가 조의를 표하고 돌아서는 나의 뒤통수는

사진 속의 눈길이 전혀 따갑지 않다
저들도 살아있을 때에는 나처럼
무수히 많은 꿈을 풀어보려 애썼겠지
저들도 살아있을 때에는 나처럼
뜨거운 정액 한 방울쯤
눈에 넣어도 아프지 않을 사랑으로 빚어냈겠지

철학자나 시인의 부음을 듣는 날은
잿빛 하늘이 유난스레 눈을 부라린다
너는?
너는?
하면서 나의 결핍을 들추려든다

나, 가 있고

어두운 세상 속의 녹슨 문명 속의 어느 작은 나라 속의 더러운 마을 속의 낮은 건물 속의 상자 속의 비좁은 마음속에 무수히 많은 나, 가 있고

땀내 나고 입냄새 나고 지린내 나고 꼬랑내 나고 손톱과 발톱이 길고 옷을 잘 갈아입지 않는 나, 가 있고

로션을 바르고 값비싼 샴푸를 쓰고 향수를 뿌리고 머리를 단정하게 빗고 파카만년필을 안주머니에 넣어둔 나, 가 있고

우쭐댈 기회를 만나면 다정한 마음이라곤 털끝만치도 없이 광대처럼 흥분하고 연사처럼 높은 목소리로 떠들고 나선 이내 곧 후회하는 나, 가 있고

배고플 때는 억울한 소리를 듣고도 만사가 귀찮아 대꾸하지 않고 배가 부르면 밑도 끝도 없이 실없는 소리를 내뱉는 나, 가 있고

등잔에 기름도 없이 어둠을 맞이하고 회칠한 무덤 속에 들어앉아 한낮에 죽은 이웃의 살점과 구더기를 밤새 파먹는 나, 가 있고

사랑한다는 말을 사랑할 뿐 정작 누구도 사랑하지
않고 하느님보다 하느님이란 이름을 더 숭배하는 나,
가 있고
　망나니 플라톤의 녹슨 칼날 아래 가는 목 더욱 가
늘게 쑥- 내밀 나, 가 있고
　그리하여 언젠가는 한 많은 이 세상 밖으로 후여
후여 쫓겨날 나, 가 있고

다정할 결심

이 세상에는 참 많은 결심이 있지. 사랑할, 헤어질, 해낼, 견딜, 성공할, 친절할, 모른 척할… 늘그막에 문자를 익힌 사람은 시를 쓸, 줄기를 세우던 어린 나무는 가지를 뻗을, 헤엄을 익힌 연어는 강물을 거스를, 다정한 사람을 찾은 겨울 길고양이들은 함께 살 결심을. 다정, 다정, 그래, 다정할 결심. 추레한 길고양이의 눈곱 낀 눈이 환짝 트일 만한 그런 다정을 품을, 이제껏 못한 그, 결심. 그렇게 될 수 있다면, 그렇게만 될 수 있다면

닭벼슬과 닭살

닭 잡아먹으며
닭벼슬까지 먹는 놈은
짐승
아니면 거지새끼

벼슬 좋아하는
놈들 앞 지나가다

乾方進*
詩人

닭살 돋는다.

_____

* 하늘 건乾, 방향 방方, 나아갈 진進

등단 증후군

본래 그 뜻은 무대에 오름이었으나
계단을 밟음이 된 지 오래.
누군가 계단 하나 만들어 놓고
꼭대기에 종이 깃발 하나 매달아 놓으면
이 사람은 아프지도 않으면서 앓는 소리
(아프기나 하면 가엾기나 하지)
저 사람은 죽지도 않을 거면서 죽는 소리
(죽기라도 하면 더럽지나 않지)
하여 마침내 명찰 하나 가슴에 달면,
맙소사, 그 사람 그날 이후
남의 노래 따위 들은 척도 않네.
어쩌나, 연주장에 관객은 없고 가수만 가득하다니!
상금도 없으니 가난뱅이는 끼어들 까닭 없네.

용문龍門*에 오르고 싶어도

---

* 등용문(登龍門): 잉어가 황허 상류의 급류를 이룬 용문에 오르면 용이
된다는 뜻으로 '입신출세(立身出世)의 관문을 통과하여 크게 출세하게
됨, 또는 그 관문'을 비유한다.

딱히 보이지 않고
높고 낮은 계단마다
귀 없는 얼굴들 징그럽게 희네.

등대와 별

내 기억 속에 다만
요약으로 남아있는 한 편의 시

캄캄한 바다 위에
속절없이 뒤집힌 배 한 척
나무 조각을 붙든 사람
파도는 사그라지고
유난히 반짝이는 불빛 하나
등대가 있는 저곳으로
사람의 마을이 숨 쉬는 저곳으로
마침내 새벽은 밝아왔으나
등대는 어디에도 없었네
멀리 수평선 위
홀로 빛나는 별 한 채

이젠 시인의 이름을 잊어
이젠 시의 제목도 잊어

내 기억 속에 다만
함축으로 남아있는 生의 비밀

말없음표

……세상에서 가장 슬픈 시인이 세상에서 가장 슬픈 시를 쓰는 건 아니지. 그런 거지. 세상에서 가장 큰 슬픔을 상상하는 시인이 운 좋게 쓰거나, 세상에서 가장 큰 슬픔이라 믿는 무언가를 끈질기게 들여다본 시인이 쓰거나, 드문 일이지만 세상에서 가장 큰 슬픔을 털어낸 시인이 써내는 거야. 그런 거야. 그러니 시인들이 슬픈 족속일 거라는 생각은 버려. 수술대 위에 누운 슬픔을 지독한 권태로 집도하는 냉정한 외과의사들. 그래서 나는 이제 더 이상 내 수술대에 슬픔을 올려놓고 싶지 않아. 수술을 끝마치고 난 뒤에 밀려오는, 그리 만만치 않은, 그러니까…….

멍

몸을 쓰는
그는 무대 위에서
웃고
울고
외치고
무릎에 멍이 든다

시를 쓰는
나는 어디에서
웃고
울고
외치고
어디에 멍이 드는지

언제인가
힘겹게 멍을 들어올린
시간
시간의 무게

퍼렇던 멍이
몸과 몸 사이에서
차분히 흐려진다.

모든 벽에는 뿌리가 있다

1.

허물고 싶은 벽이 많다
어느 길 위에서나 줄을 이루며 서 있는
반복 또는 중복

흙, 벽돌, 시멘트, 쇠, 유리로 만든 벽
오해, 편견, 질투, 증오, 환상으로 이루어진 벽
넘고 허물려 하는 뿌리 깊은 습성을
독재자의 군대처럼 막아선 벽

리듬을 탄 반복은 시를 닮아서 싫고
리듬을 부수며 늘어진 중복은 시만도 못해서 싫고
이래저래 벽은 적개심을 불러일으킨다
  — 에이, 씹할, 나는 벽 싫어!
그렇게 큰 소리로 외치지 못하는
시인의 습성도 벽이라면 큰 벽이다

2.

비 온 뒤 얼룩진 벽에 등을 기대고
행인의 눈길마저 아랑곳없이 울고 있는 사람을 본다
면
슬픔의 사연을 모른대도 공감할 수 있겠다

생존권 사수! 붉게 뿌려진 구호 앞에
무너진 위장이려니,
이제 우린 하나야! 음화 옆에 쓰인 낙서 아래
지워진 가슴이려니,
그렇게 짐작하는 것만으로도
속 쓰리고 가슴 아플 수 있겠다

3.

모든 벽에는 뿌리가 있다
넘었노라 믿었던 벽에 걸려 넘어지고
허물었노라 믿었던 벽에 다시 깔리는 까닭은
미처 뽑아내지 못한 뿌리 때문이다

묵찌빠

묵힌다고 다 시가 되는 게 아니야. 감자에 싹이 나고 잎이 나고 묵찌빠! 주말농장 해보다가 알았는데, 그럼 독이 생긴 거더라. 못 먹게 된 거더라. 기괴해진 모양이 그냥 딱 봐도 알겠던데. 아, 이거 이제 더 이상 음식 아니구나. 내가 이거 먹자고 덤비면 얘는 나한테 싸우자고 덤비겠구나. 졌지 뭐. 사람하고 하는 묵찌빠도 툭하면 지는데, 내가 무슨 수로 원조를 이겨. 내가 그런 사람이야. 식물한테도 져. 식물하고도 못 싸워. 시는 묵찌빠야. 억지를 부려 되는 게 아니야. 어떤 일은 싹이 나기 전에 잎이 나기 전에, 씨앗이거나 열매인 채로, 그냥 그대로 잘 거두어서 가꿔야 할 때가 있어.

바보나 하는 짓

요즘 젊은 시인들은, 다 그렇진 않겠지만, 침을 뱉듯이 시를 쓰는 것 같아요. 다 그렇진 않겠지만, 하고 그가 삽입한 그 짧은 배려의 품은 뜻을 헤아리기 어렵다. 나는 젊은 시인인가, 어느 정도 늙은 시인인가, 아니, 내가 시인이긴 한가. 내가 젊은 시인이면 다 그렇지는 않은 축에 끼어 있기는 한가. 침을 뱉듯 시를 쓰는 일은 젊은 시인의 면허인가. 그런 부질없는 생각에 잠겨 있다가, 침을 뱉듯 시를 쓰든 피를 토하듯 시를 쓰든 둘 다 바보나 하는 짓이지. 침을 뱉듯 툭, 그렇게 썼다.

불편한 타이피스트

언제부터인지
어디서였는지 알 수 없지만
내가 쓰는 노트북의
키보드 ㄴ자가 떨어져 나갔습니다.
그래서 가끔 왼손이 불편합니다.
나는 문득 오른손 아래 박혀 있는
ㅏ마저 떼어내고 싶어집니다.
그렇게 해서라도
나를 조합하여 떼어낼 수 있다면….
ㄴ자는 없어도
왼손가락은 꾸준히 ㄴ을 찍어냅니다.
불편한 왼손과
아무렇지 않은 오른손이
ㄴ과 ㅏ를 번갈아 찍어대면
나나나나나 흥얼거리듯
키보드는 나를 내뱉습니다. 나나나나
키보드 위의 글자들이
저마다 불편한 눈으로 나를 쳐다봅니다.

나나나나나
나는 그만 내 속내를 들킨 듯하여
지레 노트북을 닫고 맙니다.
다행인지 불행인지
이 노트북 내 것이 아닙니다.

사무사思無邪는 가능한가

가시가 잔뜩 박힌 채
몰려다니는 머리들 가운데
맹독을 품은 혀
저 무리 진 가증스러움

머리는 저한테 박힌 가시를 제 것이라 믿고
가시는 그 중심을 노리며 더욱 깊이 박힌다
혀는 저가 품은 맹독을 제 것이라 자랑하고
독은 그 뿌리마다 스미어 핏기를 빨아댄다

제 살에 박힌 가시를 휘두르며 웃는 머리
바람 빠진 축구공을 차듯 걷어찼으면
제 뿌리에 밴 맹독을 뿜어내며 춤추는 혀
매듭을 자르듯 단칼에 썽둥 베어냈으면

아무래도 내가 지금
공자님께 제대로 속고 있나 보다.

상징

도무지 외워지지 않던 것은 분자식도 피타고라스의 정리도 아니었네. 무지개는 희망, 달은 모성, 눈은 순결. 단순한 공식들이 나를 힘들게 했네. "무지개는 희망이야." 교수는 노래하고 나는 둥근 교수대를 그렸네. 달은 어쩌고 눈은 어쩌고 영리한 친구들 소리 높여 노래할 때, 되먹지 못한 나는 담장 밖으로 달려가야 했네. 바다 위에 서서 해를 품고 싶었네. 끝내 죽어버린 보름달을 흰 눈 위에 낳고 싶었네. 오늘도 나는 불경한 사람처럼 외쳤네. "하늘이 그대들의 아버지라면, 하늘은 지금부터 내 손주놈이다. 대지가 그대들의 어머니라면, 아으, 지금부터 대지는 내가 눈길도 주지 않고 지나쳐버린 미친 여인의 젖가슴이다." 유순한 여인들은 귀를 막고, 멋모르는 아이들은 눈을 가리고, 거친 사내들은 내게 돌을 던졌네. 나보다 먼저 지친 사람들 해거름 속으로 사라지고, 나는 길 위에 홀로 서서 중얼거리네. "보이는 것은 무엇이나 낡아버리지. 그 말을 하고 싶었을 뿐이야."

시간의 천막

혼자가 더 편했다. 외롭지 않았다기보다 외로움이 괴롭지 않았다. 보도블록 경계석을 따라 한 줄 위에 선 듯 왼발과 오른발을 번갈아 내딛으며 뜻 모를 노랫말을 흥얼거리곤 했다. 아무도 그런 나를 괴롭히지 않았다. 유년의 천막 속에서 나는 홀로 흥겨웠다.

그 후로도 나는 번번이 부모나 선생이나 친구들이 눈길 주지 않는 곳을 바라보았다. 일찌감치 외로움을 연습해 둔 덕에 아무런 상처도 입지 않을 수 있었다. 아무도 그런 나를 따돌릴 수 없었다. 나를 키우는 천막이 커져가는 만큼 내가 보여줄 것도 많아져갔다.

그런 나를 고이 내버려 두는 이들이 있다. 거의 언제나 그들의 눈과 귀와 손이 닿는 곳에 내가 있는 까닭에 나는 그들의 근심거리가 되지 않는다. 그러니 나는 시간의 천막 바깥으로 쫓겨나 버려진 사람이 아니라 다만 외로울 뿐인 행복한 사람이라 할 수 있겠다.

지금도 나는 혼자가 편하다. 나의 껍데기는 차오르
다가 사그라지고 다시 차오르기를 거듭하는 달 또는
얼었다 풀어지고 다시 얼기를 거듭하는 강의 표면.
나를 감싼 시간의 천막 속에서 여전히 외로운 나는,
그러나 괴롭지는 않다. 나의 허무는 늘 명랑하다.

시는 무엇에 쓰이는 물건인가

生의 징검다리 아래
작은 돌멩이 하나 든든히 괼 수 있어,
허무해서,

참!
다행이야,

한 生이
죄다 봄이라.

시를 위한 농담

말이 당신에게 건너가거든
두 손으로 잘 받으세요.
말이 당신을 걸려 하거든
살점 떨어지지 않도록 조심하고요.

그리로 건너간 나의 말이
혹여 들고 있기 버겁진 않았는지.
내가 건 어떤 말 때문에
어디 다치진 않았는지.

건네받은 내 말이 무겁거든
서운치 않으니 그냥 내다버리세요.
그럼요,
진심이고말고.

내가 건 말에 찔려 상처 났거든
보복이었으니 그냥 참고 견디세요.

물론,
농담이죠 농담.

시를 위한 덕담

어느 젊은 시인이
문예지에 시를 하나 싣는데
그쪽 사정 봐준답시고
고료를 받지 않았다나 봐.

그랬더니 이번엔
또 다른 어느 젊은 시인이
너는 자존심도 없느냐
타박을 놓았던 게지.

편당 3만원 때문에
의좋았던 두 사람 쌈질을 하였는데
고료 받아야 시 파는 놈이나
고료 안 받고 시 내놓는 놈이나
시 팔 놈
시 팔 놈

판 놈은 더 많이 팔고
못 판 놈은 앞으로는 꼭 팔라고
시 팔 놈
시 팔 놈
마주보며 덕담을 하더란다.

시를 위한 취중진담

자다 깨어선
이 마음 밀어 넣을 무엇을
물끄러미
아주 쓸쓸하니
노려본다. 왜 하필 나는
물끄러미 보면서도
노려보는 건지.
쓸쓸하면서도
노려보는 건지.
무엇에
무엇 속에
마음을 밀어 넣는 일도 제대로 못하면서
행여
언젠가는 순한 눈 뜨고서
누군가의 눈동자에
누구의 가슴에
나를 밀어 넣을 날이

거기서 살뜰히 살아낼 날이
있으리라 믿어 본다.

그러니 이 밤엔
눈을 감을 수밖에,
다시

시와 퇴고

혀와 이빨을 퇴화시키고
뼛속을 비워내고
두 다리에 붙은 살갗을 아낌없이 덜어내고
앙상한 뼈대를 깃털로 감싸고
새는 난다지.

맛을 포기하고
무게를 덜어낸 보답으로
나는 새라지.

시인을 위한 농담

세상에, 평생 시를 쓰라고 상을 주다니요.
그게 인간이 인간에게 할 짓인가요.

시인이란 사람이

거미 좀 잡아줘요.
그 말에 의기양양 거미를 잡아,
죽여, 시체 처리까지 했다가
핀잔으로 칭칭 감긴 적 있다.

백석의 수라를 만난 뒤로
거미는 잡더라도 죽이진 않는다나.
진작 말씀하시지, 했더니
시인이란 사람이, 했다.

차디찬 밤도 아니었는데...

거미새끼 하나 벽에 붙은 것을
살기도 생각도 없이 쓸어버렸다가
오랫동안 식은 가슴이
서럽고 아리고 메이고 슬펐었다.

시집

어미를 거두어 먹이는
새나 짐승이나 물고기가 있던가

새끼는 제 어미를
사랑하지 못하는 법이어서
나, 오늘도
내 어미 옆에서 시를 지었네
기도드리러 예배당 가시는
저분의 기복신앙 앞에 나, 할 말 없네

어미를 거두어 먹이는 동물은
사람 말고는 없지 않을까 싶은데
나, 어제도
내 어미 옆에서 시를 지었네

이보다 더 잔인한 짓을
세상에 시인 말고 누가 한단 말인가

싹수

엉엉 내가 할 거야
내가 내 손으로 할 거란 말이야
엉엉 내꺼야
내가 만든 거란 말이야
그렇게 우는 아이.

자라서 화가가 될지 작곡가가 될지 시인이 될지 소
설가가 될지 춤꾼이 될지
제 마음은 꼭 자기 손으로 풀어야만 하는,
선생님이 고쳐준 그림은
집에 가다 쓰레기통에 처넣는,
어릴 적 내 모습을 닮은 저기 저

울고 있는 아이.

아담의 시

바란 적 없음에도 제멋대로
내 주인입네 하는 문명, 그 한 조각
그늘 아래에서 섬뜩
허공을 떠다니는 난폭한 혀놀림을 본다.
쉴 사이 없이 고동치며 저항하는데도 끝내는
창끝 같은 혀에
마음 깊숙한 곳을 찔리고 만다.
무심히 넘기어진 책장처럼,
피를 전달받지 못한 모세혈관처럼,
보살핌 없는 성교의 잠자리처럼,
, , , , , , 당했다.

어느 활자중독자의 지루한 돈 읽기

섣달 그믐날 저녁
빈손으로 들어온 지하철 객실
스산한 얼굴들 사이에서
신문도
시집도
철학서도 아닌
오천 원짜리 지폐 한 장을 읽는다
전체적인 색조는
앞면이나 뒷면이나 갈색
그래, 모든 종이는 한때 나무였지

……내리실 문은 왼쪽……

읽을거리는 앞면이 많다
왼쪽 상단에 아라비아 숫자로 5 0 0 0
그 바로 밑에 097838 가아사
왼쪽 하단에 필터 구멍 두 개
돈에게는 도대체 무엇이 걸러낼 대상일까

두 개의 필터 구멍 아래
작지만 힘센 글씨는 ⓒ 한국은행 2002
카피라이트 국립은행
2002년에 발행한 기구한 사연 덩어리!
가운데 왼쪽으로 보무도 당당하게
구름 탄 봉황을 깔고 앉은 위대한 한글

한 국 은 행 권
오 천 원
한 국 은 행
밑바닥에 벼루 하나 무궁화 인장 하나
가운데 오른쪽으로 기세도 당당하게
둥글게 둥글게 붉은 도장으로, 총재의인
정당의 총재 같은 감투 쓴 양반
율곡 이 이 1536-1584
수염에 걸린 097838 가아사
오른쪽 상단에 닭대가리, 아니
봉황 한 마리

하단에는 율곡 선생의 견장肩章처럼 박힌
아라비아 숫자 5 0 0 0
……This stop is……

내친걸음인데 뒷장도 읽어보자
가운데 상단에 THE BANK OF KOREA
영어로, 오호, 국제적인 감각!
왼쪽 위에는 둥글게 둥글게 봉황 한 마리
브로우치 빙글빙글 돌고 돌아
밑바닥에 5000 WON
더 밑바닥에 한국조폐공사 제조
가운데 한가득 오죽헌 그림

아까 그 정당의 당수 같은 양반
생전에 책도 쓰고 제자도 기르셨다는 그곳
오른쪽 상단에 5 0 0 0
하단에 또 한 번 아라비아 숫자 5 0 0 0
그 바로 밑에 ⓒ THE BANK OF KOREA 2002

2002년에 국적을 취득한 종이돈
한국조폐공사가 보증하는 진짜 오천원
비어 있는 듯 비어 있지 않은
오른쪽 상단과 하단 사이
형광등 불빛 아래 율곡 선생 아른아른
그대, 이제껏 읽은 작품은
위조가 아니라네 진품이라네

······이번 역은······This stop
is······출입문이 열렸습니다······

그래, 가자
절판된 시집 사러 헌책방 가자.

우리들 솜씨

교실마다 어김없이
우리들 솜씨

부끄러움을 알기엔 너무 서툴러
자랑하기 바쁜 손들
눈은 하얗잖아
분홍색으로 그리면 어떡하니
이 세상에 네모난 해님이 어디 있니
너무 뛰어나 자랑하지 못한
한 귀퉁이 작은 아이들.

어른들의 교실에도
우리들 솜씨

수치를 일깨우기엔 너무 낡아
신호등도 횡단보도도 없는 길마다
빌어먹도록 엄숙하고
지겹도록 엄살이 심하고

툭하면 엄포를 놓는
둥근 해님 아래 하얀 눈송이만
쏟아내는 큰 아이들.

이런 나에게도 위장이 있을까

밥을 먹고 난 뒤에도
나는 지금 내가 가난하다,
고 생각한다
왜 나는 내일에 살지 못하고
오늘 하루
매 끼니 줄었다 늘었다 하는지!

시를 적고 난 뒤에도
나는 지금 내가 배고프다,
고 생각한다
왜 나는 좀 더 천해지지 못하고
보기 좋고 썩지 않을
흔해 빠지고 또 위험한 것만 찾는지!

이모티콘

종이장갑을 낀 손가락들과
먹물이 가득 담긴 눈동자들이
근심의 탑을 쌓고 있다.

^^ 눈웃음을 치거나 ^-^ 상긋 웃어도
^^* 볼을 붉히거나 ^^;; 식은땀 흘리며 웃어도
ㅋㅋ 싱글싱글 ㅎㅎㅎ 입 벌리고 웃어도
ㅜ.ㅠ나 ㅠ.ㅠ처럼 울거나 -_-처럼 인상을 써도
@.@ 눈을 크게 뜨고 놀라도 안 된단다.
^.,^나 @.,@처럼 콧구멍이라도 후비면 아주 질겁하
며 손사래를 친다.

그러거나 말거나 아이들은 논다.
두 손으론 열쇠꾸러미와 널빤지를 누르고
오른손으로 생쥐를 만지작거리며 딸깍딸깍 아이들
은 논다.
팡팡 신나게 통나무를 드나들며
씽씽 신나게 윈드서핑을 하며 아이들은 논다.

아이들이 놀던 자리에는

^^와 ^-^와 ^^*와 ^^;;와 ^.^와 ㅋㅋ와 ㅎㅎㅎ가
웃음꽃을 피우고

ㅜ.ㅠ와 ㅠ.ㅠ와 -_-와 @.@와 @,.@이 엄살을 부린
다.

이모티콘의 어머니 .와 전설의 ,와 !와 ?은
버젓이 이름도 지닌 채 활동하고 있다.

열쇠를 잃고 도표 속에 갇혀 버린 ……는
.와 그의 동맹 …와 ……에게 자리를 내줄 판이다.
이제 아이들은 멋대로 늘였다 줄였다 할 수 있는
…와 ……를 낮은말줄임표라 부를 것이다.

종이손가락과 먹물눈동자 들은
더 늦기 전에 유언을 남겨야 할 것이다.
- 내 무덤 앞 빗돌에 이모티콘을 새기지 말라.
물론 나는 예외다.
나 죽은 뒤 내 무덤 앞 빗돌 내 이름 위에는
(((((((^ o ^)))))))
크고 긴 웃음의 메아리를 꼭꼭 눌러 새겨 달라.

이장님의 메타포

산간 마을에 눈이 왔다.
눈이 꽤 왔다.
입 걸진 우리 이장님 말씀하시길,
　　　- 주민 여러분,
　　　　시방 눈이 좆나게 옵니다.
　　　　다들 삽 들고 나오쇼.
오호라, 활유이다.
좆이 달려도 눈은 희고 창백하구나.
허나 뜨겁게 끓는 눈이다.

그 다음날도 눈이 왔다.
눈이 엄청 왔다.
입 걸진 우리 이장님 말씀하시길,
　　　- 주민 여러분,
　　　　눈이 또 옵니다.
　　　　어제 온 눈은 좆도 아닙니다.
역설을 이용한 과장이다.

좆이 되었던 눈은
이제 평범 그 이상의 좆이 되었다.

그 다음날도 눈이 왔다.
눈이, 정말이지, 무섭게 왔다.
입 걸진 우리 이장님 울상이 되어 말씀하시길,
　　　　- 주민 여러분,
　　　　　이제 우린 좆됐습니다.
　　　　　좆돼버렸습니다.
아아, 메타포다.
물아일체의 비극적 은유이다.

이 죽일 놈의 시

兄,
그놈의 詩 말이오.
己 쓰고 氣 쓰고 技 쓰고 器 쓰고 基 쓰고 飢마저
써야 하던데
뭐 하러 계속 쓰시오?

己 쓰고 氣 쓰고 技 쓰고 器 쓰고 基 쓰고 飢마저
써 보려고.

그래, 언제까지 쓰실 작정이오?

尸가 되면
저절로 끝나지 않겠어?

입 걸쭉한 친구놈은 욕을 하고, 나는 웃고

글도 좆나게 못 쓰는 인간들이
시인 소리는 지랄 나게 듣고 싶어 해. 씨발!

　　나도 뭣하게 글 못 쓰지만
　　시인 소리 무지 부담스러워하니까, 뭐.

1류 출판사 통해 시집 내려면 3년이래.
철 지난 글 묶는 게 시집이냐? 뒷담화집이지?

　　1류 출판사의 1류 뒷담화집.
　　대충 그런 걸로 해 두지, 뭐.

용선아, 너 그거 개한테 어쩌고 하는
그 詩 말이야. 그거 다 외워?

고맙군, 외우는 걸루 꼭 집어줘서.
하긴 필요할 때 외우면 그만이긴 해.

가수는 연주회를, 화가는 전시회를,
씹새야, 시인도 뭔가를 해야 해. 이젠!

귀마개부터 사자. 그게 왜 필요하냐,
고? 그걸 지금 몰라서 물어? 뭐? 뭐?

의사

 몸 아플 때는 그저 의사만 선생님. 시 쓰고 소설 쓰고 그림 그리고 사진 찍고 노래하고 작곡하는 선생님들 다 소용없다. 머리통이든 눈이든 귀이든 어금니이든 배이든 가슴이든 팔다리이든 혹은 똥구멍, 오줌구멍이든 몸에 아픈 곳 생기면 꼼짝없이 그 앞에서 달달 떨며 벌 서는 아이 된다. 내 어릴 적 꿈에 의사가 있었던가?

 너는 비위가 약해
 애초당초 의사는 영 글렀다.
 검붉은 피
 찢어진 살갗
 깨어져나간 뼛조각
 몸 밖으로 흘러나온 내장
 의사 되면 별의별 것 다 보아야 하는데
 아서라, 그 비위론
 너 먼저 죽는다 다른 길 가라.

그래서 다른 길 갔다.
그랬는데

의사도 아니면서
이제껏 다른 길 걸어오는 동안
아픈 사람 고치려다 비위 뒤집혀
따라 죽을 뻔한 적 있다.
덩달아 앓기도 참 많이 앓았다.

내 팔자에 의사 있다.
점쟁이는 몰라도 하느님은 아신다.

전철 안의 딱따구리

꽁지머리 키 큰 딱따구리 하나,
흔들리는 전철 안으로 쑤욱 들어와선
인사도 주위를 둘러봄도 없이
자랑스럽게 한마디 한다.

사랑의 모금함입니다.

(2초나 지났을까?)

없습니까?
없군요.
여러분, 이 칸에는 지금 사람이 백 명입니다.
커피 한 잔 뽑아먹을 돈이면…….

따다닥 딱딱딱딱 따다다다닥

잠을 자다가 생각에 젖었다가 병문안을 가다

속수무책 신경을 쪼이고 만
고단한 애벌레들

혐오를 가득 채운 얼굴로
고개를 비잉 돌리고 나선, 딱따구리
다음 칸으로 폴짝 건너간다.

제멋에 겨웠군.
옷이나 제대로 입지, 머리는 저게 뭐야?
신경을 다친 애벌레들 저마다 한소리 한다.

따다닥 딱딱딱딱 따다다다닥

말이 저렇게 쓰여선 안 될 텐데…,
불쾌한 토사물이 되어버린 실패한 시를 보며
불혹의 한 사내 출입문 옆에 기대어 시집을 읽다
전철 밖 쓸쓸한 풍경 속으로
제 흔들리는 눈길을 던지고 만다.

주저흔躊躇痕

까닭 없이
잠이 오지 않는 밤에는
꼭,
시라는 놈이 태어난다.
그럴 때는
꼭,
사생아를 낳는 기분이다.
버티다
버티다
결국 미숙아를 낳고 난 뒤
갓 태어난 아기를 흔적조차 없이 지워버리면
방금 그런 일이 있었노라 하는
넋두리조차 시를 닮았다.
모든 시에는
주저흔이 남아있다.
살아,
남아 있다.

책나무

그루터기에 남은 선한 나이테
어질머리를 견디며 살았다는 증거
바람 한 점 없고
햇살 비추지 않을 때에도
곧게 서기 위하여 어지러움을 견디었다.
위로의 책이 되어 볼까 나무는
꼿꼿이 서려 했다.
땅을 칼자루 삼아 뿌리를 박고
종일 꼿꼿이 날을 세웠다.

토씨

詩 써라, 하는 말을 들으면
이 짓거리가
무슨 거창한 숙명 같고
무슨 수익성 높은 경제활동 같고
무슨 영예로운 삶의 족적 같아

詩를 써라, 하는 말을 들으면
이 짓거리가
하고많은 좋은 것들 가운데 하나 같고
구질구질한 고질병 낫는 데 특약처방 같고
살다 힘들 때 잠시 쉬어갈 그늘 같아

詩만 써라, 하는 말을 들으면
이 짓거리가
무슨 경지에라도 오르는 비법 같고
억척스런 아내가 있는 한량의 특권 같고
선동가를 달래는 권력자의 경고 같아

詩나 써라, 하는 말을 들으면
이 짓거리가
물려받은 재산 많은 샌님의 소일 같고
그나마 쓸 만한 재주가 그뿐이라는 조롱 같고
다시는 안 보겠다는 절교선언 같아

토씨 하나에 따라
제 모습 바꾸는 귀신같은 놈아
한몸 같은 그림자야
미덥지 못한 사람다움아

패러디

거리에 산성비 내리듯
내 가슴 속에는 고름이 흐른다
아직은 머리털이 빠질 때가 아닙니다
그가 나의 병세를 알려주었을 때
나는 그에게로 가서
바이러스가 되었다
인공위성을 노래하는 마음으로
모든 썩지 않는 것들을 사랑해야지
이 아닌 한낮에
홀연히 마음 어리어져
귓속에서는
하루 종일
윙 윙 소리가 날 것이다
그만 둘까
그래도
다시 더 한 번
(詩와 지구를 파괴하는 데에는 1초도 길다.)

표절 이야기

창백한 종이 위에
울컥 핏방울을 떨구면
종이는 이내
해맑은 풋사랑의 얼굴을 하고
그 얼굴 물길 삼아
핏방울은 강과 바다와 안개와 구름이 되고
그 맛에 취해 그는
제 피가 마르는 줄도 몰랐고

몸 밖으로 뛰쳐나간
핏방울 휘적휘적 돌아올 즈음이면
크고 작은 씨앗이 되곤 했는데
풀과 꽃과 나무가 된
새와 벌레와 짐승이 된
흙과 돌멩이와 바위가 된
그 어느 씨앗 하나
핏기 없는 것이라곤 없었는데

어느 곳간에나 쥐는 있기 마련
어느 고을에나 불가사리는 있기 마련
이번에는 이번만큼은
그도 분통을 터뜨릴 거야.
하지만 친구들의 추측과 달리
그는 다만 울었을 뿐이었다.

　　　곳간에 쌓는다고 밥 되나 죽이 되나
　　　아무데 쓰였다기 네 것 해라 놓았는데
　　　씨앗을 물어갔거든 식솔이나 먹이지

옛 가락에 기대어 후렴을 거듭하듯
식솔이나 먹이지, 식솔이나 먹이지, 하다
그예 그만 목 놓아 울고 마는 것이었다.

프로필

어느 해
어느 아둔한 해가 또 찾아와
나 시집을 엮게 된다면
나는 나의 프로필을
다만 세 줄로 줄여 볼까

1967년 서울 출생
아직 살아 있음
틀림없이 죽을 것임

출생년도는 드러낼 테다
내 부모가 지나온 가난과 억눌림의 세월, 그 상징이
니까
출생지도 드러낼 테다
잘난 표준어는 내가 잘나서가 아니라고
아직 살아있음도 밝힐 테다
그러니 그대 살아서 나와 만나자

하지만 가장 중요한 건 다음 한 문장
＿틀림없이 죽을 것임
세상의 모든 시는 그 한 줄 위에 놓여 있으니

어느 해
어느 어리석은 출판사가 내게
세 줄 프로필을 허락하는 날까지
나는
집 밖에서 시를 낳아
집 밖에서 놈을 키울 거다

그날엔
나도 내 자식들도
지금보다
훨씬 더 밝고 강해져 있을 테다

하여가

글을 시처럼 쓰고 싶어서 나름대로 시처럼 썼는데, 그것을 더러는 시라 하고 더러는 시가 아니라 하더라. 그러다가 내가 쓴 어떤 글을 모든 사람이 시라고 말하는 날이 오더라. 그러다가 이후로 더러는 시라 하고 더러는 시가 아니라 하는 글을 내가 쓰더라. 그렇게 수백 편을 끼적거리다 어느덧 남들이 시라 하면 어떻고 시가 아니라 하면 어떤가 하는 날이 오더라. 시인들 어떠하리 시 아닌들 어떠하리 백골이 진토 되어 넋이라도 있고 없고.

한 그루 고목古木에게 물었네

새파랗게 젊은 시인이 한 그루 고목에게 물었네

"어느 날 갑자기 더 이상 시를 쓸 수 없는
그런 마음이 되어 버릴지도 몰라요, 삶이란
그렇듯 예견할 수 없는 것. 나는 두려워요.
진실의 자리에 허구가 들어앉는 날, 만약에
그런 날이 내게 닥친다면? 빛바랜 꿈으로
허튼 노래나 부르는 내가 되고 싶진 않아요."

숱한 계절을 겪은 고목이 대답했네

"맨 처음 바람에 내 모든 잎사귀를 빼앗기던
그날에 나는 두려워 떨며 울었소, 운명이란
그렇듯 가혹한 것. 나는 절망하며 탄식했어요.
앙상한 가지에 새들도 보이지 않던 그 나날에
다른 무슨 생각이 들었겠어요? 다만 눈물로
닥쳐올 죽음을 기다리는 수밖에요……."

말을 잊은 채 듣고 있는 시인에게
고목은 살며시 웃음 지으며 이야기했네

"견디고 기다리는 나날의 끝에
다시금 태양은 가까이 다가오고
움츠렸던 온 몸 곳곳에 물기 솟아
연두빛깔 잎사귀 마침내 부활하던
그날, 비로소 나는 깨달았지요,
내 삶의 아름다움을."

여전히 말없이 듣고 있는 시인에게
고목은 너그러이 웃음 지으며 이야기했네

"다만 한 평생 시를 쓰고자 할 때
진실의 자리에 허구를 앉히지 않으며
다만 견디며 기다리는 사람이라야
시련의 나날에 마음 잃지 않으리니,
젊은이여, 그대에게 줄 말은 이뿐.
귀담아 듣고 안 듣고는 그대의 몫."

허물다

나는 이따금 씨익, 웃곤 하는데
그럴 때마다
내가 지금 썩 괜찮은 시를
얼굴로 지어내고 있구나 생각한다.

어쩌면 시는
말이 아닐 수도 있겠다 생각하면
공들여 익힌 시론이
한순간에 허물어지는 것일 터인데
괜시리 가슴이 뿌듯하여져선
또 한 번 씨익, 웃고 만다.

온몸으로
그렇게 웃을 수는 없을까?

흔적

별똥별 하나
신의 섭리 속에서
흰 재 되어 사라집니다.

덧없는 인생은
슬기로운 침묵 속에서
자신의 흔적을 지웁니다.

하여 나 지금 이리도 초라한 노래를
더 나은 세상으로 가려는 이 여정 속에서
만났던 사람들
그 철학적인 스승들께 바칩니다.

— 이제 천상에서 별들과 함께 계실
　나보다 고달팠던 시인들에게
— 여태 땅 위에서 바보들과 어울리고 있는
　당신들보다 어리석은 한 사내로부터

이 글의 제목을 '시인의 말'이라 할까 지은이의 말이라 할까 한참 망설였다. 오랫동안 내게 시인은 죽은 뒤에야 공덕을 인정받아 얻는 시호諡號였다. 임금, 재상, 현자처럼 눈에 띄지는 않을지라도 평생 시를 쓰며 살아낸 일 자체를 공덕이라 여겼다. 그럼에도 제목을 삼았으니 이곳에선 그저 사전적인 의미 이상도 이하도 아닌 시인이겠다.

어쩌다 보니 시와 함께한 세월의 흔적으로 시, 시인, 시집, 시를 쓰는 일 자체를 소재로 삼은 시를 제법 품어 지니게 되었다. 어느 것은 묘령에 썼고 어느 것은 쉰 살도 넘어 썼다.

누구나처럼 시 비슷한 글을 시로 오해하며 시작했고, 조금 지나서는 시를 짓고자 할 때마다 이게 시인가 아닌가를 두고 망설였고, 그 망설임 덕에 국내외 시인들의 적지 않은 시를 읽어댔다. 이것도 시가 될 수 있구나 저것도 시가 될 수 있구나 하던 행복한 시절도 있었다. 요즘은 시인들 어떠하리 시가 아닌들 어떠하리 한다. 통달하기도 전에 늙어버렸나.